U0133168

宝宝的食谱

健康宝宝系列

RECIPES
for *Baby*

郭致因编著

福建科学技术出版社·香港万里机构

（闽）新登字03号

著作权合同登记号：图字13-1999-18

图书在版编目（CIP）数据

宝宝的食谱／郭致因编著．—福州：福建科学技术
出版社；香港：万里机构，2000.1
（健康宝宝系列）
ISBN 7-5335-1588-9

Ⅰ．宝…　Ⅱ．郭…　Ⅲ．学前儿童－食谱
Ⅳ．TS972.1

中国版本图书馆CIP数据核字（1999）第53578号

宝宝的食谱

（健康宝宝系列）

编著：郭致因

编辑：施冰冰　何捷

出版：福建科学技术出版社
　　　香港万里机构

发行：福建科学技术出版社
　　　福建省福州市东水路76号
　　　邮编：350001　电话：7602907

承印：美雅印刷制本有限公司

出版日期：2000年1月第1版第1次印刷

ISBN 7-5335-1588-9/R ·313

定价：20.00元

健康是人生最大的快乐，它比财富更重要

为人父母最大的心愿，也总是希望自己的孩子健康成长，活泼可爱。怎样才能确保孩子身心健康？这个问题相信是每个家长都会感兴趣的。健康的定义，因人而异，可能没有一个绝对的答案。不过假若做个简略的问卷调查，探究大多数人会用什么途径追求健康，我估计绝大部分人的回答会是从饮食方面下功夫。是的，中国文化对饮食的造诣是精深的。中国人对饮食很注重，无怪每个父母都为着孩子的日常饮食而操心。怕他不肯吃、吃不够，没胃口，或是"过胖"、"偏食"、"过瘦"、"不长肉"，我在日常工作中，遇到不少这类求诊个案，也亲身体验到这些父母的焦虑、惶惑。他们往往是缺乏育儿经验，欠缺专人指导，又或是建议太多，无所适从。

其实，孩子的成长，有着不同的阶段，而每个阶段有其特点和应变方法。这是充满挑战的亲子成长路。饮食也如是，父母要知道孩子在不同阶段的生理和心理变化，才能予以配合，不致产生误解和困惑。

本书正是为了使更多读者了解孩子的日常饮食需要和习惯，提供实际可行的食谱，使育儿的道路充满喜悦。

邝毅山 医生

屯门医院儿科部顾问医生

前言

初为人母的经历

记起初为人母时，为照顾初生的宝宝甚为紧张。宝宝的每一项活动，包括洗澡、穿衣、换尿片、喂奶都耗费不少精力。当中最令我懊恼的问题，莫过于宝宝食得饱不饱、有没有增加体重等。宝宝的饮食颇令我费心。初时强把成人的饮食习惯加诸宝宝身上，大人一日吃三餐，满以为每日喂宝宝三餐准没有错吧。结果却强差人意，甚至适得其反。

宝宝不懂说话

宝宝在头一两年仍未能懂得用说话与父母沟通，他的喜恶就全赖父母平日对他的了解。宝宝的需要，每日都不同，亦很难捉摸。有时妈妈兴高采烈地准备了宝宝喜欢吃的食物，他却突然失去了兴趣，甚至闹别扭，也真有点使人气馁。事实上，婴幼时期的饮食习惯是极需要时间和心机去培养的。天下间没有一模一样的宝宝，他每一天的喜好表现都不同，只要父母不断地付出和尝试，宝宝才会健康成长。

现代妈咪忙上忙

虽然我们俩夫妇从事医护行业多年，而我也有较充裕的时间照顾孩子，但依然遇上不少难题。反观大部分父母都忙于出外工作，只能从医护人员例行的对答中获得育儿知识，资料可谓零碎不全。

而大部分家庭，更是把带孩子的工夫交托给家中的佣人或老人家。佣人多来自不同文化背景，对照顾孩子的重任更是战战兢兢。老人家会坚持她们几十年前的一套带孩子的方法，婆媳间亦难免会产生矛盾。

因此，希望本书能为大家提供基本而实际的婴幼儿饮食知识。

作者简介

郭致因女士　曾任社会工作者、护士及从事市务推广工作。是两子之母。20世纪90年代毕业于加拿大英属哥伦比亚大学，获护理学学士，专注健康教育推广及幼儿成长活动。现就职于医疗机构，从事行政工作，业余时间亦致力于儿童文艺创作。作者亲身的育儿喂养经验，加上专业知识及工作上的体会，为本书提供了不少可行方法，有助于广大父母照顾孩子的饮食。

目录

宝宝

初生

的时候

· · ·

1 健康成长由母乳开始

在芸芸美味可口的食物中，母乳应该是最理想和最受宝宝欢迎的。

对宝宝的好处

为何近年来医护人士都鼓励母乳喂哺呢？很多医学报告都证明了母乳含有丰富的营养，包括蛋白质、脂肪、矿物质、维生素、乳糖及大量天然抗体。对宝宝来说，母乳味道好、易消化，适合他们幼嫩的肠胃。母乳中所含的多种抗体，除了增强宝宝的抵抗力，还能减少肠胃不适及过敏的情况。自20世纪70年代用奶粉喂哺成为风气以来，加上环境污染越趋严重，宝宝患上过敏的个案越来越普遍，母亲倘能及早以母乳喂养，宝宝的身体定能大大得益。

对妈妈的好处

母乳喂哺对母亲亦有不少好处，每次喂哺后，产后的子宫会强烈收缩，减少产后出血的并发症；其次，喂哺母乳会消耗脂肪，能较快促使产后母亲恢复体态。

宝宝吃饱了吗？

喂哺母乳时，母亲常常担心：宝宝吃得饱吗？喂多少餐？初生婴儿也许每隔2至3小时便需要喂哺一次，哺乳时间无需固定。每天喂奶次数由8至10次不等，每次时间由20至30分钟都可以。4至

6星期后，大多数的婴儿都会养成规律和习惯，妈妈不需要过分焦虑，因为吃饱了的婴儿自然显得非常满足，只有经常哭闹，不增重，才可能有吃不饱的情况！

前乳、后乳是什么？

母亲开始喂哺时，左右乳房应轮流给喂哺，宝宝吸吮完一边乳房后，再看他是否想吸吮另一边。每边乳房所含的乳汁都有前乳、后乳之分。前乳是最初十分钟出的奶，水分和乳醣分量较多、较稀、易于入口，能止口渴。后乳是十分钟后所吸出的乳汁，较浓，脂肪成分较多，若要宝宝饱肚，就得让宝宝吸吮全部的乳汁。

哺乳对母亲和孩子都有益处

母亲的营养

母亲亦不能忽略自己的营养需要，应该吃含有丰富营养的食物，以确保健康。哺乳期间避免进食会减少乳汁分泌的食物，例如肝脏、豆豉和乳鸽。可以多饮能增加乳汁的汤水，例如鱼汤、木瓜汤等。不必每天硬性规定饮某一分量的水，感到口渴才喝水，已十分足够。而咖啡、茶、巧克力、可乐等含咖啡因的食品应避免饮用。

哺乳是一种天赋的本能，对宝宝及母亲的健康都有莫大裨益。在哺乳过程中，宝宝给母亲抱在怀里，感受到母亲的温暖、爱护和关怀，产生安全感；而母亲亦能感受到亲子的温馨满足。

2 宝宝食物的营养价值

营养是指从食物里面吸收的要素，而且是维持身体发育生长的元素。我们所需的营养素主要包括碳水化合物、脂肪、蛋白质、水、维生素、矿物质和纤维素等。

碳水化合物

功能：

★提供人体内的热量。每日摄入的热量中，至少应有60%来自碳水化合物（每克可供给4.18千焦耳热量）。

★形成血糖，供应大脑和其他神经组织。

含碳水化合物的食物

★储存在肝内形成糖原，供应细胞不时之需。

食物来源：

★糖(葡萄糖、果糖)、淀粉(米、麦、薯类)及纤维素(部分蔬果类)。

纤维素(可溶性和不溶性纤维)

功能：

★有助人体排便的功能，小孩多吃，能预防便秘。

★纤维素食物留在胃内的时间较长，令人不易感到饥饿。

含纤维素的食物

含蛋白质的食物

食物来源：

★ 不溶性纤维——全谷食物、水果和蔬菜

★ 可溶性纤维——燕麦、大麦、水果、蔬菜及豆类

蛋白质（由氨基酸组成）

功能：

★ 供应热量（约10%的热量是来自蛋白质的）。

★ 给脑细胞提供动力。

★ 使人的肌肉收缩而能够运动，是发育成长的要素。

★ 构成激素、酶、抗体。

食物来源：

★ 动物蛋白质：蛋、肉、家禽和鱼

★ 植物蛋白质：豆
类及各类豆制
品、玉米

脂肪

功能：

★ 能量的来源
（约人体所
需的25％
热能是
来自脂

含脂肪的食物

肪)。

★大约4%的身体脂肪作为体内重要器官的减震器被保存起来，这些器官包括大脑、心脏、肝、肾和脊髓。

★形成厚厚的皮下脂肪层，能保持体温及储存能量。

★帮助人体吸收及运输脂溶性维生素。

食物来源：

★食油、牛油、奶油、乳酪及核果类

各种维生素

营养素	功能	食物来源
维生素A	强壮骨骼，维持正常视觉反应，强健皮肤及牙齿的釉质。	胡萝卜、菠菜、芥菜、奶、干酪、沙丁鱼、三文鱼、鱼肝油、肝脏
维生素B	维持神经系统及细胞的正常功能，增强抵抗力，有助皮肤的健康。	奶、鱼、肉、肝脏、糙米、花生、蛋黄、全麦面包
维生素C	增强抵抗力，帮助牙齿、骨骼成长，促进伤口愈合及激素分泌。	绿色蔬菜、橙、柑、番茄、芒果、木瓜等
维生素D	促进钙质的吸收，有助骨骼的形成	奶类食品、鱼肝油、肝脏、蛋
维生素E	制造红细胞及保护细胞组织	菜油、小麦胚芽油、糙米、硬壳果
维生素K	帮助血液的凝固	绿色蔬菜

矿物质——钙与铁

钙质对幼儿尤为重要，因为钙能增强骨骼、牙齿的发育成长，主要食物来源为奶类、沙丁鱼（适合年龄较大的孩子）、干果、深绿色蔬菜、豆腐等。

铁质是制造血液和肌肉不可少的物质，缺乏铁质的孩子会特别容易感到疲倦。铁质的食物来源主要是瘦肉、肝脏、猪腰、蛋黄、水果干、深绿色的蔬菜、苹果等。

水的重要性

水对婴幼儿很重要，因为婴幼儿比成人更易流失水分而造成缺水。每天除了喂给孩子足够的奶外，还需多给孩子喂水。虽然部分可从水果、蔬菜、汤等日常食物中间接获得，但主要还得靠饮水。日常应避免给孩子饮用加工的饮品或果汁（喝新鲜果汁则无妨），因为这些加入大量化学添加剂、人造色素和糖分的饮品会引起孩子肠胃不适、消化欠佳、蛀牙。

3 何时开始喂宝宝第一口固体食物

当宝宝到了四五个月大时，宝宝的神经、肌肉、肠胃器官功能发育较完全，不易造成过敏现象，且懂得吞咽非流体食物。此时的宝宝在看到大人吃饭时，会盯着看，会伸手要，嘴巴也会动。

宝宝开始吃固体食物并没有规定的年龄，有些早至四个月或迟至九个月。这个从完全依赖奶类到向成人的饮食习惯靠拢的阶段是一个漫长的渐进过程，母亲需注意以下事项：

断奶期食物添加的次序

宝宝的固体食物应由稀稠的米糊和麦糊开始。一周后若没有问题，可喂宝宝果汁或果茸。首先可以由苹果汁开始，其后是木瓜、提子、梨和香蕉等水果，而橙汁要六个月后才可喂。然后我们可以喂宝宝各种蔬菜了，先由黄色的蔬菜开始，然后才是绿色的蔬菜，因为黄色的蔬菜没有那么容易产生过敏。蔬菜可以切碎搅烂加进粥内或煲成菜汤。婴儿满六个月后才渐渐加入肉类，应由鸡、猪、鱼肉、蛋黄、然后牛肉，循序渐进。牛肉和蛋白(蛋清)较易引起过敏，妈妈要留意宝宝的反应，其中蛋白最好待孩子有十个月大了才吃。六个月前的宝宝，母乳能供应足够的铁质，六个月后，应注意补充含铁质较多的食物。

喂宝宝三步曲

喂宝宝，大清早

很多妈妈都发现开始喂宝宝第一口固体食物时，最好选择早上。宝宝梳洗干净，迎接新的一天，看着妈妈预备新玩意。此时，给宝宝戴上围巾，让他坐在椅上。每一个早上重复同一个程序，几天后，宝宝会习惯下来。这是个缓慢的适应过程，至少三四个星期后才可以增至每日两次喂固体食物。

先坐定，才进食

大部分宝宝要到六个月左右才能稳坐椅上，因此，妈妈可以把宝宝抱坐在自己大腿上喂食。用匙羹喂宝宝时，要测试食物温度，不能太热，匙羹上的食物要慢慢送到宝宝口里。宝宝有时会吐出食物，可等第二天再行尝试。若宝宝把食物吞下，要让他安坐一段时间，让食物完全落到胃里面。

心情佳，吃得快

让宝宝从小习惯进食时心情开朗，如宝宝喜欢某些食物，可以不妨多喂几天，才尝试新食物。但若宝宝拒绝食物时，应再重新给宝宝喂他爱吃的米糊。所需的分量要视乎宝宝的胃口，不能硬要宝宝吃光碗内的食物。而妈妈喂宝宝时需要温柔和有耐性，切忌急躁地催促。

4 饮食器具及消毒方法

喂宝宝的器具以实用、安全为原则，所需的用具包括：

汤匙、叉 （2~4只）	匙形要浅及配合宝宝的口形，小叉子要避免太锋利。
盛器 （2~4个）	大小适中，适宜盛载小分量的食物。盛器宜浅不宜深，要有盖或有保温作用的，方便宝宝外出时使用。要注意盛器用的颜料和质地，不会因高热而脱落或变形，而有害宝宝的健康。

围巾	以柔软的布面，胶底垫为主，自己动手吃的宝宝可采用胶的围巾。
杯子 (1～2个)	塑胶料，有盖和吸嘴的，可让孩子慢慢学会用杯子饮水。
搅拌器 榨汁机	孩子的食物常以碎茸为主，若用刀子切碎食物很花功夫。使用这些器具可节省时间。

宝宝的饮食器具

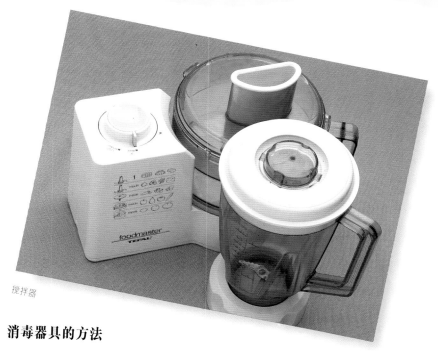

搅拌器

消毒器具的方法

市面上用作消毒器具的方法有几种，其中以蒸汽较常见，但价钱较昂贵；另一种是用消毒药水消毒器具，但这方法较花时间。

一般比较受欢迎的方法是使用煮沸法，这种方法较简单又便宜，步骤如下：

★ 所有的器具必须用清水洗净。

★ 把所有洁净的器具放入消毒盛器。

用蒸汽煲消毒宝宝的饮食器具

内，注入冷水，水要淹过所有器具。

★水沸后再煲十分钟就可以了，消毒工序亦完成。

5 宝宝食物的处理方法

新鲜食物速冻的方法

倘若有充裕的时间，应尽量给宝宝预备新鲜的食物。但很多妈妈除了照顾孩子外，还要出外工作、做家务等，时间不多。这里提议大家可尝试把新鲜食物速冻，除保鲜的效果不差外，亦能省下不少时间。

A

B

★首先把宝宝的食物先搅成茸状。

★把茸状食物注入冰块隔内，使其速冻成形。

★成形后，倒出食物冰粒，视乎宝宝每餐所需，而分别储放入保鲜袋内，袋外要标上日期、食物名称、到期日子。

★把保鲜袋存放入速冻盒内，与冰箱内其他食物分开。

速冻食物制法步骤

以下是速冻食物储藏的时间，过期的食物应该舍弃：

水果	1～2个月
蔬菜	1～2个月
奶糊	1～2星期
鱼	5个星期
鸡肉或其他肉类	5个星期

速冻的食物可采用室温解冻，若选用微波炉时，按解冻钮，再按时间钮为1分钟，取出食物，搅匀后，把食物用一般炉火煮熟。一定要记住，所有速冻食物只能解冻一次，不可放回冰箱再次速冻。

宝宝可以吃微波炉烹调的食物吗？

大部分医护人士都不主张经常使用微波炉为宝宝烹煮食物，因为微波炉烹的食物热度偏高及不平均，尤其给初生婴儿开奶时，切不可使用微波炉加热，而奶嘴亦不能放进炉内。任何加热的食物，一定要搅匀及摊2～3分钟后才可喂，喂宝宝前一定要先测温度。

宝宝

四至五

个月大的时候

1 宝宝对食物易产生过敏反应

　　当宝宝4～5个月大，开始对奶以外的东西感兴趣，看到东西便放入嘴里，口水也变多。这个时候，可以尝试给他喂奶以外的食物。但切记，要让宝宝习惯食物的味道和质地。虽然宝宝这时期对淀粉的消化能力增强，但同时他们对食物极易产生过敏反应。因此，妈妈须懂得观察宝宝对食物的接受程度，留意是否有过敏现象，例如呕吐、腹泻、流鼻水、咳嗽、气喘和皮肤出现红疹等。

喂宝宝第一口固体食物的小贴示

★ 选择一个舒适的环境，抱得宝宝舒舒服服。要有心理准备，因宝宝不习惯食物，可能吐出而弄污衣物。

★ 不要在宝宝很饿时喂他，因为这时候，他的脾气极坏，很难接受新的食物。选定一天的早上或午餐，在不要减少奶量的原则下进行。

★ 头几天以一至两匙开始，若宝宝消化及吸收情形都很好才增至五六匙。

★ 每天喂一种新的食物，每种食物连续喂两三天，如有任何过敏反应出现，应立刻停止进食。

★ 先由喂米糊开始，因米不容易引起过敏。若宝宝没有过敏反应，可顺次序给宝宝试其他的食物：接着是麦糊，然后是熟的果茸、菜茸，最后是新鲜的果茸。

① 可以吃的食物

★ 米、麦

★ 蔬菜——胡萝卜、马铃薯、青豆、南瓜

★ 水果——苹果、梨、木瓜、提子、香蕉、草莓

可以吃的食物

② 不可以吃的食物

★ 任何辛辣食物

★ 含盐分高的食物，如香肠、腌肉

★ 调味料

★ 蜜糖

★ 肉类、家禽

★ 罐头食物

★ 含酸性重的水果——橙、柠檬、猕猴桃

★ 鸡蛋 (喂蛋白至少至1岁)

★ 高脂肪的食物

★ 硬壳果

不可以吃的食物

② 四至五个月宝宝的餐单

第一周	早餐	小睡	午餐		小睡	下午茶	睡前
星期一至星期日	奶	奶	奶	米糊	奶	果汁	奶

第二周	早餐	小睡	午餐		小睡	下午茶		睡前
星期一	奶	奶	奶	米糊	奶	果汁	胡萝卜茸	奶
星期二	奶	奶	奶	米糊	奶	果汁	胡萝卜茸	奶
星期三	奶	奶	奶	米糊	奶	果汁	胡萝卜茸	奶
星期四	奶	奶	奶	薯茸	奶	果汁	胡萝卜茸	奶
星期五	奶	奶	奶	薯茸	奶	果汁	胡萝卜茸	奶
星期六	奶	奶	奶	薯茸	奶	果汁	苹果茸	奶
星期日	奶	奶	奶	薯茸	奶	果汁	苹果茸	奶

第三周	早餐	小睡	午餐		小睡	下午茶		睡前
星期一	奶	奶	奶	木瓜茸	奶	果汁	苹果茸	奶
星期二	奶	奶	奶	木瓜茸	奶	果汁	苹果茸	奶
星期三	奶	奶	奶	木瓜茸	奶	果汁	梨茸	奶
星期四	奶	奶	奶	木瓜茸	奶	果汁	梨茸	奶
星期五	奶	奶	奶	香蕉茸	奶	果汁	梨茸	奶
星期六	奶	奶	奶	香蕉茸	奶	果汁	梨茸	奶
星期日	奶	奶	奶	香蕉茸	奶	果汁	青豆茸	奶

第四周	早餐	小睡	午餐		小睡	下午茶		睡前
星期一	奶	奶	奶	香蕉茸	奶	果汁	青豆茸	奶
星期二	奶	奶	奶	南瓜茸	奶	果汁	青豆茸	奶
星期三	奶	奶	奶	南瓜茸	奶	果汁	青豆茸	奶
星期四	奶	奶	奶	南瓜茸	奶	果汁	西兰花茸	奶
星期五	奶	奶	奶	南瓜茸	奶	果汁	西兰花茸	奶
星期六	奶	奶	奶 胡萝卜薯茸		奶	果汁	西兰花茸	奶
星期日	奶	奶	奶 胡萝卜薯茸		奶	果汁	西兰花茸	奶

1 宝宝米糊

Baby Rice

用1～3茶匙奶，开1茶匙米糊。注意米糊温度是否适合宝宝进食。米糊可作为头几个星期的转奶期食物，随后可渐加入其他食物。

Mix 1~3 teaspoon breast or formula milk with 1 teaspoon Baby Rice. Cool slightly before feeding. Pure Baby Rice can be the main solid food. Feed baby for the first few weeks, then gradually add variation.

宝宝米糊

2 宝宝麦糊

Baby Wheat

麦糊做法与米糊差不多。但麦糊较易引起过敏，可稍迟给宝宝吃。

Wheat can be introduced to baby lately because it causes food allergy easily.

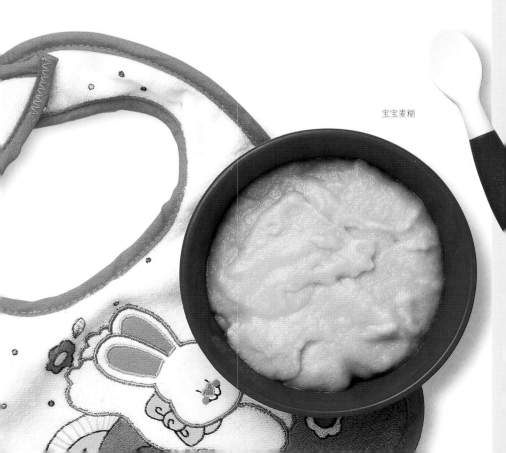

宝宝麦糊

3 菜茸
Vegetable Purées

做法：

1. 预备约100克的蔬果，把皮刨去。

2. 把蔬果切小粒，放于筛内隔水蒸10～15分钟。

3. 把蒸熟的蔬果压成菜茸，混合60毫升的奶。

4. 取出所需的分量，其余放回电冰箱，封好，可保存24小时。

Method:

1. Peel selected vegetable (100g).

2. Dice vegetable, and steam it for 10~15 minutes until soft.

3. Press well and mix with 60 c.c. milk.

4. Spoon a little into a bowel for readily use. Cover the remaining purée and transfer to the fridge as soon as possible. Use within 24 hours.

三款菜茸（胡萝卜茸、马铃薯茸、南瓜茸）

步骤 1

步骤 2

步骤 3

4 水果茸

Fruit Purées

做法：

1. 把水果去皮，去核。

2. 切小粒，蒸8～10分钟，直至熟为止。蒸完后，加入2～3茶匙（10～15毫升）奶，宝宝稍长或已长出牙齿时，不用把水果蒸熟。

3. 压成果茸，取出所需分量备用。余下部分，盖好，待稍冻，放回电冰箱，可保存24小时。

Method:

1. Peel and take out the seeds.

2. Dice and steam 8-10min, until soft. Then add 2~3 teaspoon (10~15ml) milk. If baby grows older or has teeth, steam process is unnecessary.

3. Press into purée and spoon a little portion for feeding. Cover and transfer the remaining to the fridge when cool down. Use within 24 hours.

三款水果茸（苹果茸、草莓茸、木瓜茸）

步骤 1

步骤 2

步骤 3

四五个月大的宝宝主要营养和饮料都是人奶或奶粉，孩子除了奶和水之外，还可以饮些什么？

1 果汁

除了橙汁（六个月以上的宝宝才可以喝）外，鲜榨的苹果汁、梨汁等可以让宝宝饮用。

2 粥水或米水

有些婆婆多在宝宝腹泻或身体不适时让宝宝喝用粥水开的奶，她们相信这样做可减轻宝宝腹泻。但切记不能以单饮粥水而取替奶。烹煮方法：把一小杯米，放水后，滚米水约一小时，然后取出水分。

3 薏米水

属碳水化合物，且含大量维生素B，有畅通大便、增强食欲的功能。若宝宝经常有便秘的情况，可以尝试煲薏米水给宝宝喝。薏米加水，然后煲约两小时，取出水分，不用加糖，可用作开奶或单独饮用。但不宜过量饮用，影响正常胃口。

果汁·米水·薏米水

4 开奶茶

传统的开奶茶，含有生熟薏米、灯心花、淡竹叶、玉米心、象牙丝等材料都能帮助孩子消化排泄。有些婴儿饮用奶粉时，容易有便秘情况出现，家中老人家会以开奶茶喂宝宝饮用。以开奶茶加入奶粉，也可畅通宝宝的肠胃。若宝宝是饮人奶或肠胃畅顺，大可不必让孩子饮用开奶茶。开奶茶的煲法简单，用清水过滤材料，除去不洁的东西，然后加入约八碗水，煲两小时左右，取出水分。

开奶茶材料

宝宝五至六个月大的时候

1 宝宝的食物可否加调味料？

此时期，宝宝已渐渐可以吃2～3餐固体食物，我们可以混合不同的食物，以增加他的食欲，食物也可以从稀转为较浓。很多父母会急不及待让宝宝试吃不同的食物，甚至带他们上酒楼尝试不同的点心，可是酒楼的点心大多含高脂肪和味精，并不适合宝宝食用。要知道，宝宝的饮食习惯和对食物的喜好是依赖恒久的规律和细心照顾才能养成的。

有些妈妈会问可否在宝宝食物中加入调味料，因为大人的口味中，没有调味品的食物很难入口的。其实一般的调味如油、盐、糖、酱油、生粉等，加入小量是没有问题的，有时甚至可以带出食物鲜味。要牢记分量一定要少，不能用成人的口味作标准。尤其盐分更加要严格限制，因为过多的盐分，会引致血压高及影响肾脏的功能。

某些特别的调味品如茄汁、色拉酱、腐乳、蚝油、XO酱等，绝不适宜给幼小的宝宝吃。另外，快食面里含有味精、防腐剂；香肠、火腿等含有人造色素和防腐剂；汽水含人造色素、糖精；酒楼的点心含高脂肪、味精甚至色素，都是不宜让宝宝吃的。

① 可以吃的食物

★蔬菜：西芹、西兰花、黄芽白菜、菠菜、豆类、玉米等

★肉类：去皮的鸡肉、瘦肉、鱼

★水果：香蕉、西梅、杏、桃、蜜瓜

可以吃的食物

② 不可以吃的食物

★酸性强的食物如橙、柠檬、柚子

★蛋白

★硬壳果类

★辛辣的姜、蒜、辣椒、

★罐头食物

不可以吃的食物

2 五至六个月宝宝的餐单

	早餐	小睡	午餐	小睡	下午茶	睡前
第一日	奶	奶	水果糊(苹果、蜜瓜、鳄梨)，果汁或水	奶	水果糊(苹果、蜜瓜、鳄梨)，果汁或水	奶
第二日	奶	奶	水果奶糊(香蕉、梨、草莓)，水或果汁	奶	水果奶糊(香蕉、梨、草莓)，水或果汁	奶
第三日	奶	奶	杂菜糊(胡萝卜、节瓜、西兰花)，水或果汁	奶	杂菜糊(胡萝卜、节瓜、西兰花)，水或果汁	奶
第四日	奶	奶	杂菜糊(马铃薯、玉米、椰菜花)，水或果汁	奶	杂菜糊(马铃薯、玉米、椰菜花)，水或果汁	奶
第五日	奶	奶	鱼肉粥，水	奶	鱼肉粥，水	奶
第六日	奶	奶	鸡肉粥，水	奶	鸡肉粥，水	奶
第七日	奶	奶	瘦肉粥，水	奶	瘦肉粥，水	奶

① 水果糊（蜜瓜、苹果、鳄梨）
Honey Drew, Apple, Avocado Purée

材料：

苹果1个，蜜瓜1片，鳄梨1个。

做法：

1. 把水果去皮去核切小块。

2. 把切碎水果放入搅拌器内搅成茸状即成。

3. 苹果及鳄梨接触空气后很快变色，不宜做太多，且应尽快喂宝宝。

Ingredients:

1 apple
1 piece of honey drew
1 avocado

Method:

1. Peel and discard the seed of fruit, and cut into small piece.
2. Put the fruit into the blender.
3. Prepare the enough portion and feed your baby right away because apple and avocado become rust easily after contact with air.

水果糊（蜜瓜、苹果、鳄梨）

2 水果奶糊 (香蕉、梨、草莓)

Banana, Pear, Strawberry Purée

材料：

香蕉1只，梨半个，草莓5粒，100
毫升奶。

做法：

1. 把水果洗净去皮去核切粒。

2. 把水果粒连同100毫升奶一起
   倒入搅拌器内搅茸。

3. 取出需要部分，余下部分盖
   好，放入电冰箱内，可保存24
   小时。

Ingredients:

1 banana
½ pear
5 strawberries
100 ml formula milk

Method:

1. Wash, peel and discard the seed
   of fruit, and cut into small pieces.

2. Transfer the cut fruit and milk into
   blender.

3. Take out the required portion
   cover the remaining food and
   transfer to the fridge and use
   within 24 hours.

水果奶糊制作步骤

水果奶糊（香蕉、梨、草莓）

3 杂菜糊 (胡萝卜、葫瓜、西兰花)

Vegetable Purée (Carrot, Hair gourd, Broccoli)

材料:

胡萝卜100克,节瓜(冬瓜的变种)
100克,西兰花100克,奶100毫升。

做法:

1. 把胡萝卜、节瓜去皮、切粒
   状,把西兰花洗净切细小块。

2. 把杂菜一并放入锅内,加入
   100毫克的奶,盖好慢火煲10
   分钟。

3. 把煲熟的杂菜连奶倒入搅拌器
   搅至成菜茸。

4. 取出摊凉备用,余下部分盖好
   放回电冰箱,可保存24小时。

Ingredients:

100g carrot
100g hair gourd
100g broccoli
100ml formula milk

Method:

1. Peel the hair gourd and carrot,
   then chop into small pieces. Wash
   the broccoli and cut into small
   pieces.

2. Add all vegetable and formula
   milk into the cooker for 10
   minutes (with small frame).

3. Transfer all cool content into
   blenders.

4. Take out the required portion and
   cover well the remaining portion
   into the fridge and use
   within 24
   hours.

杂菜糊 (胡萝卜、
节瓜、西兰花)

4 杂菜糊（马铃薯、玉米、椰菜花）

Vegetable Purée (Potato, Sweet Corn, Cauliflower)

材料：

马铃薯100克，玉米100克，椰菜花100克，奶100毫升。

做法：

1. 把马铃薯去皮洗净切小粒，把马铃薯连同玉米粒、椰菜花及奶加入锅内。

2. 煲滚后，转慢火，再煲15分钟直至马铃薯玉米煮熟为止。

3. 把煲熟的杂菜连奶倒入搅拌器内搅成茸状。

4. 取出所需分量摊凉才喂宝宝。

Ingredients:

100g potato
100g sweet corns
100g cauliflower
100ml formula milk

Method:

1. Peel and rinse the potatoes and cut into small pieces. Place in cooker with the sweet corn, cauliflower and milk.

2. Bring to the boil, then turn to slow frame, cook for another 15 minutes until the potatoes are very soft.

3. Transfer the content into the blender.

4. Take out the required portion, cool before feeding.

杂菜糊（马铃薯、玉米、椰菜花）

5 鸡肉粥

Chicken Congee

材料：

去皮鸡肉100克 (搅烂后再加入少许冷水备用)，米半杯。

做法：

1. 把米洗净，加入250毫升水，煲成粥 (约需半小时)。

2. 把搅烂的鸡肉放入粥内，再滚直至鸡肉熟为上。粥内可加入少许盐。

3. 猪、牛肉粥的做法大致相同。

Ingredients:

100g blend skinless chicken meat, and add little water for further use
½ cup rice

Method:

1. Wash rice, add water (250ml) and cook into congee (around ½ hour).

2. Add prepared chicken into congee; keep boiling the chicken until cooked. You can add a little bit of salt into congee.

3. Pork or beef congee can be prepared following the same method.

鸡肉粥

6 鱼肉粥

Fish Congee

材料：

选择容易起肉和没有细骨的鲷鱼
一条 (约300克)，米半杯。

做法：

1. 把刡好的鱼洗净，加入少许
   盐、油、姜丝清蒸15分钟。
2. 鱼蒸熟后，起鱼肉，去骨。
3. 米洗净，加入250毫升水，煲
   成粥。
4. 把预备好的鱼肉加进粥内即
   可。

Ingredients:

1 (300g) red sea bream fish
½cup rice

Method:

1. Scale sea bream fish, discard internal organs and wash. Add some salt, oil and ginger slices on top of sea bream. Steam for 15 minutes.
2. After steam, take out the boneless sea bream into another bowl.
3. Wash rice adds into 250ml water, cook rice into congee.
4. Add prepared boneless sea bream into the congee.

鱼肉粥

选择没有幼骨的鲷鱼

1 青豆汤

青豆搅烂，放入奶150毫克，煮滚后，慢火再煮10分钟，加入少许盐。

青豆汤含丰富的植物性蛋白质。

2 萝卜甘蔗水

不少老人家都相信胡萝卜、荸荠、芫荽、甘蔗水可以清热气，畅通肠胃，预防感冒及大便不通等。

胡萝卜、荸荠、甘蔗等去皮、去蒂、洗干净，芫荽切去根须、洗干净、切成小段。把材料放入烧滚了的水内，待水再滚时，改用中火煲1½小时左右即可。

青豆汤和萝卜甘蔗水

宝宝

六至九

个月大的时候

1 宝宝成长多变化

这个阶段中，宝宝懂得坐，脖子变得有力可以支撑起来；有些宝宝甚至开始四处爬，手和手臂的活动较好。宝宝变得有主意了，喜欢自己拿奶瓶。这时，可让宝宝自己用手拿食物，但倘若是他不喜欢的食物就会被推开。

宝宝长牙齿了！

这个时期的宝宝大多数开始长1～2颗牙齿，他变得开始有意识地吸吮和咬东西。宝宝长牙齿时，可能会有以下特征：流口水，想咬东西；脾气有点不安，因为牙肉变得有点肿痛；发烧，腹泻；胃口也变得差了。可让宝宝咬冰冻了的咬牙圈，或用消毒纱布包着手指替宝宝按摩牙肉减低不适。长了牙齿之后，要注意口腔的清洁，尤其睡前的一餐必须在上床前喂宝宝，因为睡前吃奶瓶会容易引起蛀牙。吃过了任何食物之后，都要让宝宝喝些水。此时，宝宝吞咽和嘴嚼能力较强，食物不用捣成茸状或太烂，较大块或手指可拿着的食物很受他们欢迎。食物搭配方面不妨多样化和混合不同的食物种类。营养方面，注意补充含铁质较高的食物，如菠菜、鸭心、猪肝等。

饮食的安全

宝宝变得很好奇，眼睛见到的东西，都会用手拿进嘴巴里。妈妈记得把药物、钮扣、电池等东西存放安全。倘若宝宝误饮任何有毒的东西，例如洗洁剂、化妆水、白花油等，应尽快送宝宝进医院，因为这些化学剂不但伤害食道，且会危及生命。

① 可以吃的食物

★全壳燕麦

★红米

★奶类：乳酪、干酪

★肉类：牛肉、猪肝

★煮熟的蛋黄

★水果：橙

★蔬菜：西兰花、
    胡萝卜可煮熟
    切成小长条状

可以吃的食物

不可以吃的食物

② 不可以吃的食物

★ 蛋白

★ 硬壳果

★ 罐头食物

★ 高糖、高盐、辛辣的食物

2 六至九个月宝宝的餐单

	早餐	小睡	午餐	小睡	下午茶	睡前
第一日	奶	奶	豆苗碎肉粥，水或果汁	奶	豆苗碎肉粥水，或果汁	奶
第二日	奶	奶	鸭心菠菜红米粥，水或果汁	奶	鸭心菠菜红米粥，水或果汁	奶
第三日	奶	奶	胡萝卜马铃薯洋葱鸡肉糊，水或果汁	奶	胡萝卜马铃薯洋葱鸡肉糊，水或果汁	奶
第四日	奶	奶	蜜糖豆、蛋黄、鱼米糊，水或果汁	奶	蜜糖豆、蛋黄、鱼米糊，水或果汁	奶
第五日	奶	奶	青菜鱼粥，水或果汁	奶	青菜鱼粥，水或果汁	奶
第六日	奶	奶	白菜鸡肉红米粥，水或果汁	奶	白菜鸡肉红米粥，水或果汁	奶
第七日	奶	奶	青豆茸碎肉粥，水或果汁	奶	青豆茸碎肉粥，水或果汁	奶

1 豆苗碎肉粥

Bean Sprout, Port Congee

材料：

豆苗100克（捣碎），碎肉80克（搅烂后，加入少许水备用），米半杯。

做法：

1. 米半杯洗净，加250克水，煲成粥，这约需要30分钟左右。

2. 把碎猪肉加入粥内煮熟，然后加入碎豆苗煮熟，可加少许盐。

Ingredients:

100g bean sprout chop into tiny pieces

80g minced pork, and add little water for further use

½ cup rice

Method:

1. Wash rice, then add into water 250ml. Cook into congee (about ½ hours).

2. Add prepared minced pork into congee, keep boiling until the pork is cooked. Then add bean sprout and a little bit of salt.

制作示范

玉米蛋花碎肉汤

2 鸭心菠菜红米粥

Duck Heart Spinach Red Rice Congee

材料：

鸭心4个(切开、洗净捣烂)，菠菜100克(洗净、捣碎)，红米50克(洗净浸1小时)。

Ingredients:

4. duck heart, cut open, wash and blend.

100g spinach, wash and chop into piece.

50g red rice, soak into water for 1 hour.

鸭心菠菜红米粥

做法：

1. 加250毫升水入红米内，煮成粥。

2. 把捣烂的鸭心和菠菜放入粥内煮熟。

3. 鸭心煮熟即可，不宜煮过久，因为鸭心太熟会变硬。

（猪肝蔬菜粥的做法相同）

Method:

1. Add 250ml water into red rice, and cook into congee.

2. Add blended duck heart and spinach into congee, keeps boiling until duck heart is cooked.

3. Duck heart will become very hard if over cooked.

(same method for cooking pork liver and vegetable congee)

鸭心和菠菜

制作示范

3 蜜糖豆蛋黄鱼米糊
Honey Pea and Fish Egg Yolk Congee

材料：

蜜糖豆 (豌豆类新品种) 100克，熟

蛋黄2只，鱼柳90克，已开的米糊

½ 碗。

Ingredients:

100g honey peas

2 cooked egg yolk

90g skinless cod

½ bowl baby rice

蜜糖豆蛋黄鱼米糊

做法：

1. 蜜糖豆切丁用滚水滚熟。蛋煮熟，取出蛋黄。鱼柳蒸熟。

2. 把熟的豆、蛋黄、鱼及米糊一并倒入搅拌器内搅烂。

Method:

1. Honey peas chop into dice, and cook to boil. Boil eggs and take out the yolk. Steam the skinless cod.

2. Blend the ingredients with baby rice in a food processor.

制作示范

4 胡萝卜马铃薯洋葱鸡肉糊

Carrot and Chicken Congee

材料：

胡萝卜100克，马铃薯100克，洋
葱半个，鸡肉50克。

做法：

1. 胡萝卜、马铃薯、洋葱去皮、
   洗净、切丁。

2. 鸡肉去皮洗净切小块。

3. 将胡萝卜、马铃薯、洋葱、鸡
   肉一起放入锅内，加入少许
   水，煮熟为止。

4. 把煮熟的杂菜和鸡肉转入搅拌
   器内，搅烂即可。

Ingredients:

100g carrot, 100g potato, ½ onion
50g chicken meat

Method:

1. Peel, wash and chop carrot, potato
   and onion into dice.

2. Skinless chicken, wash and cut
   into piece.

3. Put carrot potato, onion and
   chicken into cooker and add some
   water, cook to soft.

4. Transfer the soft ingredients into
   the food processor, and mash to
   the desired consistency.

制作示范

胡萝卜马铃薯洋葱鸡肉

1 玉米蛋花碎肉汤

把玉米粒加入300毫升水煲滚 至玉米熟透为止，然后加入肉碎 滚熟，把蛋放入滚汤内，搅匀，熄火，盖上锅盖，摊凉即可

② 番茄马铃薯牛肉汤

把番茄马铃薯洗净切丁，放入300毫升滚水内，直至马铃薯熟透为止，加入牛肉碎，再滚，熄火即可。

番茄马铃薯牛肉

宝宝

九至十二个月大的时候

1 宝宝变得很自我，喜欢自己动手吃

很多宝宝在八九个月大时已长了2～4颗牙齿，可以吃的食物也多了。有些宝宝甚至喜欢自己用手抓着眼前的食物往嘴里送。我们趁宝宝开始对食物兴趣大增的时候，为他们做一些他们可以拿着的食物，例如芹菜条、胡萝卜条、干酪片或面包片也可以。

宝宝也喜欢自己拿汤匙把食物送到嘴里，我们可以训练孩子自己进食。有时宝宝难免会把食物弄到天一半、地一半，妈妈不妨在地上铺一块塑胶布。宝宝在学习自己进食过程中，父母需要付出更大的容忍。不妨让孩子用手把玩食物，甚至鼓励宝宝自己握着食物来吃。妈妈只要为宝宝穿上有袖的围巾，并多预备一条湿毛巾便可以了。

这时，宝宝的模仿力强，我们可以安排他和父母一起进食，除了增加进食的乐趣，亦使他们有机会学习进餐的礼仪。

十至十二个月左右的宝宝，已经可以一日喂2至3次固体食物。菜式可以多变化，不妨把不同类的食物互相配搭。宝宝不喜欢吃的食物，可以把它切碎混在粥里或糊里去让他多吃。点心则最好以水果、乳制品为主。

宝宝外出时，吃的预备

带宝宝出外，每次都要带备各种各样的物品，对妈妈来说实在是一件很烦琐的事情。因此，每次预备宝宝外出时，可以预先列一张用品单以防挂一漏万。而餐具方面，最好有一个固定的餐盒包括了宝宝的围巾、湿毛巾、匙羹、剪刀（便于把大块食物剪碎)，及保温食物盒等。

① 可以吃的食物

★鸡蛋(蛋黄连蛋白)

★手指食物：包括胡萝卜条、西芹条、水果条等

★大部分及不同种类的食物都可以吃

可以吃的食物

① 不可以吃的食物

★糖、盐不能过多

★蜜糖

★脂肪

★动物内脏 (肝脏只可偶然吃)

不可以吃的食物

2 九至十二个月宝宝的餐单

	早餐	小睡	午餐	下午茶	晚餐	睡前
第一日	奶	水或果汁	白菜碎肉饺子	手指食物如水果或干酪，奶	白菜碎肉饺子	奶
第二日	奶	水或果汁	干酪芹菜碎肉通粉	水果条，奶	干酪芹菜碎肉通粉	奶
第三日	奶	水或果汁	杂菜豆鸡蛋鸡肉饭	胡萝卜条，奶	杂菜豆鸡蛋鸡肉饭	奶
第四日	奶	水或果汁	番茄蘑菇红萝卜牛肉饭	干酪条，奶	番茄蘑菇红萝卜牛肉饭	奶
第五日	奶	水或果汁	西兰花火腿面	水果条，奶	西兰花火腿面	奶
第六日	奶	水或果汁	杂菜鸡肉粥，水或果汁	杂菜条，奶	杂菜鸡肉粥水	奶
第七日	奶	水或果汁	青豆鱼肉饺子，番茄马铃薯牛肉汤	干酪条，奶	青豆鱼肉饺子，番茄马铃薯牛肉汤	奶

1 白菜碎肉饺子

Cabbage and Pork Dumpling

材料：

白菜100克，碎肉100克，上海饺子皮（8片，可供两餐用）。

做法：

1. 白菜洗净捣碎，猪肉洗净搅烂。

2. 白菜猪肉混成一团，作为肉馅。

3. 将肉馅包在饺子皮内。

4. 用清水300毫升，煮沸后，下饺子，待饺子浮面或煮熟后捞起。

Ingredients:

100g cabbage
100g minced pork
8 pieces shanghai dumpling skin.

Method:

1. Wash and chop cabbage into small pieces. Wash and mince pork.

2. Mix cabbage with mince pork up for stuffing.

3. Wrap the stuffing in the dumpling skin.

4. Boil 300ml water, place the dumpling into the boiling water until well cooked.

白菜碎肉饺子

② 干酪芹菜碎肉通粉

Celery Cheese Macaroni

材料：

螺丝通心粉100克，芹菜75克，干
酪75克，碎肉75克。

做法：

1. 用水煮熟通心粉，熟了以后捞
   出，放入冷开水中以免黏在一
   起，隔水备用。用汤匙把通心
   粉压碎。

2. 把芹菜洗净，去根，切条，放
   进锅中与碎肉一起煮熟，干酪
   切碎备用。

3. 把芹菜、碎肉、干酪碎及
   通心粉放进搅拌器内
   搅碎。

Ingredients:

100g macaroni, 75g celery, 75g
cheese, 75g minced pork.

Method:

1. Cook the macaroni in boiling
   water, take out the cooked
   macaroni and place under cold
   water so as to avoid being sticky.
   Press macaroni into small pieces
   with a spoon.

2. Wash the celery, cut into small
   piece and cook with minced pork.
   Cut cheese into small piece.

3. Blend celery, pork, cheese and
   macaroni.

干酪芹菜碎肉通粉

3 西兰花火腿面
Broccoli Ham Noodle

材料：

西兰花100克，火腿80克，面饼1
个。

做法：

与干酪芹菜碎肉通粉的

做法相同。

Ingredients:
100g broccoli
80g ham
1 piece of noodle

Method:
Similar method as Celery Cheese
Macaroni.

西兰花火腿面

4 杂菜豆鸡蛋鸡肉饭

Mixed Pea, Egg Yolk, Chicken Rice

材料：

煮熟的软饭半碗 (约50克)，速冻杂菜豆25克，鸡肉 (去皮，去脂肪) 100克，熟鸡蛋黄1只。

做法：

1. 鸡肉拌烂加入少许水连杂菜豆煮熟。

2. 把煮熟的杂菜豆、鸡肉和鸡蛋黄混合软饭内，压成糊状。

Ingredients:

50g cooked soft rice
25g frozen mix peas
100g chicken (no skin, no fat)
1 hard-boiled egg yolks

Method:

1. Mince chicken and mixed peas bring to the cooked.

2. Mix and mash cooked chicken, peas, egg yolk and soft rice.

杂菜豆鸡蛋鸡肉饭

5 番茄蘑菇胡萝卜牛肉饭

Tomato, Mushrooms, Carrot, Beet Rice

材料：

番茄3个，蘑菇75克，碎牛肉100克，胡萝卜50克，煮熟的软饭半碗（50克）。

Ingredients:

3 tomatoes
75g mushrooms
100g minced beef
50g carrot
50g cooked soft rice

番茄蘑菇胡萝卜牛肉饭

做法：

1. 把番茄轻轻划一刀，放入滚水内煮1分钟，然后去皮，把番茄切成四片，去除番茄瓤。蘑菇洗净，开边。胡萝卜去皮，切粒。

2. 把所有杂菜放入锅内，加入少量水煮熟。最后加入碎牛肉一起煮熟。

3. 把熟的杂菜连饭放进搅拌器内搅烂即可。

Method:

1. Make a crosscut in each tomato, put into boiling water for 1 minute. Peel off the skin and cut into quarters, scoop out the seed form the tomatoes. Wash and haft mushroom. Peel carrot and cut into small pieces.

2. Put all vegetable into cooker and boil to soft, and then add mince beef to the cooked.

3. Mix all vegetables, beef and rice into food processor.

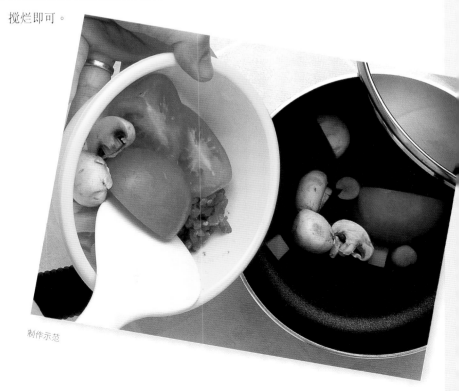

制作示范

6 手指食物
Finger Food

材料：

以水果、蔬菜或奶类为主。

水果条：苹果、蜜瓜、杨桃

蔬菜：胡萝卜、西芹

奶类：干酪条或干酪粒

Ingredients:

Fruit: apple, honey drew star fruit

Vegetable: carrot, celery

Milk group: cheese

入学前的宝宝····

1 培养宝宝良好的饮食习惯

孩子在1至3岁期间，活动范围大了，显得精力充沛，很令妈妈头痛。尤其要教导宝宝饮食习惯，或者要求孩子安静地进食时，往往弄到筋疲力竭。这个时期，妈妈除了满足宝宝的食物营养要求外，也得兼顾到宝宝饮食的行为。

让宝宝乖乖地进食

如果你的宝宝能静静地进食，又能吃得干干净净，那实在是很难得的。要培养孩子良好的饮食习惯，我们可以参照以下一些原则：

1. 饮食讲卫生，要求孩子进食前先洗手，进食后要喝点清水，或漱漱口。训练孩子每日 (或每两日) 有排便的习惯。

2. 饮食要定时和固定地方，不可让孩子随意跑来跑去吃，要在饭桌前进食，进食时要关掉电视。

3. 食物要经过选择，最好包括肉类、蔬菜、米面类及奶类。要鼓励孩子多喝清水，少喝汽水、果汁等饮料。

4. 不妨征询孩子喜欢吃些什么食物，让孩子有限度地选择。

除了这些原则以外，最重要的一点就是父母要以身作则。

宝宝不肯吃

宝宝的性格比较反复，有时候，会对食物丧失兴趣，或者只是吃少许便吐出来，甚至闹别扭。妈妈要找出原因，宝宝会否因为不习惯太浓或太稀的食物？或是否食物转变得过急而不能适应？妈妈可以把食物由稀转浓，添加食物时可混合米糊一起吃，让宝宝慢慢适应。遇到宝宝抗拒时，不可勉强，可隔几天再尝试。

宝宝爱偏食

宝宝偏食不外乎以下的一些原因：

1. 给予宝宝太多的零食，使他失却正常的胃口；

2. 宝宝太有自己的主张，挑自己喜欢的食物，吃饭时不专心；

3. 父母的压力：如太强迫宝宝进食某种食物；或父母都太忙，无暇照顾宝宝的起居饮食。

让宝宝戒掉偏食的坏习惯可以用以下的办法：

1. 减少给宝宝吃零食；

2. 较正面地鼓励孩子进食，让他和其他小朋友一起进食，例如参加生日派对等；

3. 父母本身也不要偏食，以身作则；

4. 可以把宝宝不喜欢的食物捣碎混入粥内让宝宝多吃；

5. 可以说一些用食物做主角的故事给宝宝听，引起他们对食物的认识和兴趣。

宝宝爱上快餐店

由于电视广告的宣传，宝宝未懂得说话，已经懂得闹着要吃汽水、薯条、汉堡包等。其实这类快餐食品含高量盐分、糖分和脂肪，营养价值不高，因此对宝宝的健康实在没有多大裨益。妈妈可以替宝宝预备零食时下点工夫，例如，做一些不同形状水果片，全麦的面包或者麦饼也可以。

由于篇幅所限，不能与大家一一分析宝宝的饮食行为，如有任何宝宝饮食方面的疑问，可以询问你们的儿科医生或护理人员。

2 宝宝的早餐

早餐对幼儿的发育成长尤为重要，对于宝宝敏感的味觉，我们不妨多花心思在早餐的设计上，把食物摆放得漂亮有趣(请参阅图片)，可以增进宝宝的食欲。食物选择方面，以淀粉、蛋白质、蔬果及奶类为主。烹调制作方法则以简单易做为主。

1 鸡蛋帆船
Egg Yacht

材料：

鸡蛋1只滚熟，干酪2片，全麦面包1片，奶1杯(200毫升)作饮料。

Ingredients:

1 boiled egg
2 pieces of cheese
1 piece whole wheat bread
200ml milk (for drink)

鸡蛋帆船

2 水果麦饼

Fruit Whole Wheat Biscuit

材料：

麦饼3块，水蜜桃2片，李1个（去核切片），麦片加奶冲泡成奶麦片1碗。

Ingredients:

3 whole wheat Biscuit
2 piece peach
1 plum (discard seed) and cut into slides
1 bowl of cereal with milk

水果麦饼

3 薄饼炒蛋

Fried Egg Pan Cake

材料：

鸡蛋2只，薄饼粉4汤匙，苹果1个。

做法：

1. 先把薄饼粉加水煎成薄饼3片。

2. 把鸡蛋打松，放入少许油，炒成蛋片，放在薄饼上。

3. 苹果伴于薄饼旁。

Ingredients:

2 eggs

4 table spoons pan cake powder

1 apple

Method:

1. Mix pancake powder with water and pan fry to 3 pieces of pancakes.

2. Pan fry egg and put on top of pancake.

3. Apple is halved and place it besides pancake.

薄饼炒蛋

4 玉米牛肉粥

Sweet Corn Beef Congee

材料：

玉米粒 (已熟) 100克，碎牛肉100克，米100克。

做法：

1. 把100克米煮成粥。
2. 加入玉米粒及牛肉碎煮至熟为止。

Ingredients:

100g sweet corn (cooked)
100g minced beef
100g Rice

Method:

1. Cook rice into congee.
2. Add sweet corn and minced beef into congee and keep boiling until beef is cooked.

玉米牛肉粥

5 干酪香蕉三明治

Banana Cheese Sandwich

材料：

干酪1片，香蕉1只，全麦面包1
片，木瓜奶昔（木瓜和牛奶搅拌
而成）1杯（作饮品）。

Ingredients:

1 Piece of cheese

1 banana

1 whole wheat bread

1 cup papaya milk shake (for drink)

干酪香蕉三明治

6 金枪鱼小三明治
Tuna Fish Mini Sandwich

材料：

金枪鱼混入少量色拉酱，加入碎番茄及碎生菜，全麦面包2片，奶1杯(作为饮料)。

Ingredients:

Tuna fish mixed with salad sauce

Mix tuna fish with chopped tomato and lettuce

2 pieces of whole wheat bread

1 cup of milk (for drink)

金枪鱼小三明治

7 杂果麦片

Mixed Fruit Cereal

材料：

新鲜杂果100克，麦片100克，奶1
杯。

Ingredients:

100g fresh mixed fruit
100g cereal
1 cup of milk

杂果麦片

3 宝宝的汤

　　这里所介绍的供宝宝饮用的汤，不但味道好，美观，且做法简单。只要把所需的蔬菜切碎，放入搅拌器内搅成茸状，然后再加入水或奶 (200毫升左右)，滚后煮5～10分钟，加入乳酪更加可口。

　　1. 百合汤　　　　　2. 西兰花汤
　　3. 南瓜汤　　　　　4. 玉米汤

宝宝的汤

4 宝宝的午餐

　　大多数妈妈午膳都做得比较简单，甚至带宝宝到快餐店一起吃。可是快餐店的食物难免会有味精，有时亦过于油腻，蔬菜很少，不适宜小孩子经常吃用。因此，我提供一些可供妈妈和宝宝一起享用的易于自制的午餐。

1 冬菇胡萝卜滑鸡有味饭
Mushroom Chicken Rice

材料：

冬菇6只（切细丝）·洋葱¼只（切细丝）·鸡上腿肉两只（去皮、洗净、切件、去骨）·胡萝卜100克（洗净、去皮、切丁）·白米200克。

做法：

1. 把鸡件用少许油、盐、豉油、生粉腌一会。

2. 把鸡混合冬菇、胡萝卜、洋葱细丝蒸10分钟。

3. 洗好100克米加300毫升水煮成约1½碗饭。

4. 把蒸好的鸡倾入煮熟的饭面·再盖上盖一会。

5. 给宝宝的有味饭·可以用碎剪把鸡肉剪碎·使宝宝更容易吞咽和咀嚼。

Ingredients:

6 mushrooms, chop into small pieces
¼ onion, chop into small piece
2 chicken drum sticks, skinless, boneless and chop into pieces
100g carrot, wash, peel the skin, and cut into small pieces
100g rice

Method:

1. Mix small amount of oil, salt, soy sauce, and cornstarch with chicken.

2. Mix mushrooms, carrots, onions well with chicken and steam for 10 minutes.

3. Cook rice (100g) with 300ml water.

4. Add cooked chicken on top of rice and close lid for a few minutes.

5. Using scissors to cut chicken into tiny piece before feeding.

冬菇胡萝卜滑鸡有味饭

② 冬菇荸荠蒸肉饼饭

Steamed Mushroom, Water Chestnut, Pork with Rice

材料：

冬菇4只 (浸软捣碎)，荸荠4个 (去皮捣碎粒)，猪肉100克 (搅烂)，四季豆100克；黑芝麻饭。

做法：

1. 把冬菇、荸荠和猪肉碎混在一起，顺一个方向搅匀。

2. 加少许豉油、生粉、糖，再搅2分钟。

3. 把肉饼平铺碟上约蒸10～15分钟。

4. 四季豆切段，入油锅中炒熟，可加入少许盐，伴于一旁。

5. 煮饭时可加入少许黑芝麻，因黑芝麻含有丰富钙质。

冬菇荸荠蒸肉饼

Ingredients:

4 chopped mushroom
4 water chestnut, blend into tiny pieces
100g blended pork
100g string beans

Method:

1. Mix well mushroom, water chestnut and pork in the same direction.

2. Add little amount soy sauce, cornstarch, sugar into pork, and blend 2 more minutes by hand.

3. Spread pork on a dish and steam for 10 minutes.

4. Cut the string beans into sections, sauté them in a hot pan, and add a little bit salt to it.

5. Can add black sesame into rice while cooking, because sesame contains a lot of calcium.

3 三丝炒米粉

Fried Rice Noodle

材料：

米粉50克，冬菇2只，青椒半只，洋葱¼个，蛋1个，肉30克。

做法：

1. 把米粉用水煮好，隔水备用。

2. 蛋加少许水，炒成蛋丝。

3. 将冬菇、青椒、洋葱、肉切成丝，用少量油炒熟，后加½汤匙酱油及2汤匙水，煮沸后拌入煮好之米粉及蛋丝即可。

Ingredients:

50g rice noodle

2 piece chopped mushrooms

½ green pepper chopped into pieces

¼ chopped onion

1 egg

30g shredded pork

Method:

1. Cook rice noodles and drip it until it is dried.

2. Pan fry egg and make it into piece.

3. Sauté the pork with mushroom, green peppers, and onion, add with ½ teaspoon soy sauce, finally add the rice noodle and egg together.

三丝炒米粉

4 金枪鱼紫菜卷

Tuna Laver Roll

材料：

金枪鱼100克(去清水分拌匀两汤匙色拉酱)，鳄梨半个(切条)，青瓜约10克(切条)，紫菜1张，蛋1个(炒熟切成细条)，饭半碗(100克)混合1汤匙白醋，寿司帘1张。

做法：

1. 首先铺紫菜，再铺一层饭于寿司帘上。

2. 饭上铺金枪鱼，最后铺上鳄梨、青瓜条、蛋、卷好、再切片即成。

Ingredients:

100g tuna fish, mixed well with 2 teaspoon salad sauce
half avocado, cut into pieces
10g cucumber, cut into section
1 sheet of laver
1 egg fry and make section
100g rice blend with 1 teaspoon vinegar
sushi roller

Method:

1. Spread the laver sheet or the sushi roller, and spread a layer of rice.

2. Spread the tuna fish on top of rice, then place avocado, cucumbers, egg, and roll the laver into sushi and cut into section.

金枪鱼紫菜卷

5 杂果虾仁炒饭

Mixed Fruit and Shrimps Fried Rice

材料：

草莓3颗(洗净切粒)，提子6粒(去皮开半)，苹果半个(去皮切粒)，蜜瓜2片(起肉切粒)，虾仁50克，蛋1个，白饭150克。

做法：

1. 虾仁洗净加入少许生粉及盐拌匀备用。

2. 在热的油锅内先把虾仁翻炒一下，盛起。

3. 利用剩下的油炒蛋，盛起。然后放入杂果粒炒一会，再将饭加入一起炒至饭粒松软，倒入已炒好的蛋、虾仁及少许盐，拌炒匀即可。

Ingredients:

3 strawberries, wash and chop into piece

6 skinless grapes, cut into half

½ apple, peels and chop into piece

2 pieces honey melon, chop into dice

50g shrimps

1 egg

150g rice

Method:

1. Wash and preserve the shrimps with cornstarch and salt.

2. Heat oil in a pan before quickly sauté the shrimps with the strong fire.

3. Pan fry the egg and make it into pieces, then pan fry the fruit, add rice into the fruit, finally add egg, shrimp, and stir well.

杂果虾仁炒饭

6 杂菜鸡色拉

Fruit and Vegetable Chicken Salad

材料：

生菜50克(切丝)，小番茄4个(开半)，苹果1个(去核切粒)，玉米粒100克，鸡肉丁100克(用水煮熟)，色拉酱2汤匙。

做法：

把色拉酱拌匀苹果、玉米、鸡肉粒，生菜丝及番茄即成。

Ingredients:

50g chopped lettuces
4 small tomatoes cut into half
1 apple, peel and chop into pieces
100g sweet corn
100g cooked chicken meat chop into dices
2 tablespoons salad sauce

Method:

Mix all fruit, vegetable, and chicken together.

杂菜鸡色拉

7 日式蒸蛋
Japanese Steam Egg

材料：

蘑菇3只 (浸软切半)，中虾2只 (去壳去肠)，鸡肉丁40克，上汤100毫升，鸡蛋2只，盐少许，生抽¼汤匙。

Ingredients:

3 mushrooms, soak and cut into halves.
2 prawns, shelled and de-veined
40g chicken, cut into cubes
100ml chicken broth
2 eggs
salt (small amount)
¼ tablespoon light soy sauce

日式蒸蛋

做法：

1. 将上汤、盐、生抽和鸡蛋搅匀。

2. 将鸡丁、蘑菇和虾混合放于碗底。

3. 将搅匀的蛋注入碗内。

4. 用匙羹取去蛋面上的泡沫。

5. 用铝箔封住碗，在中心刺一个孔。

6. 隔水蒸约10～15分钟即可。

7. 煮饭时可加入黑芝麻。

Method:

1. Blend chicken broth light soy sauce, salt, and eggs, beat lightly.

2. Arrange chicken cubes, mushrooms and prawns into a bowl.

3. Put blended egg into bowl.

4. Use a teaspoon to scoop excess bubbles from the surface of the mixture.

5. Cover the bowl with aluminum foil; prick a hole in the center.

6. Steam for 10~15 minutes.

7. Can add black sesame when cooking rice.

5 宝宝的晚餐

晚餐时，宝宝若能与父母一起进食，会显得比较兴奋。有时，他们会很乖巧，但有时，却趁着父母的注意力集中于他身上时使起脾气来。此时，父母除了照顾孩子的情绪，亦应该花心思吸引孩子回在自己的食物上面。所以宝宝的食物如果和爸妈的一样，会更好。妈妈可以从大人的食谱里，弄出一些适合宝宝的晚餐。

1 芦笋火腿伊面

Asparagus Ham Noodle

材料：

芦笋4 根，胡萝卜20克，金针菇10克，韭黄10克，火腿50克，伊面1个。

做法：

1. 去掉芦笋硬皮，切约5厘米长。

2. 胡萝卜、金针菇、韭黄、火腿切成丝。

3. 用沸水煮熟伊面，下少许盐、隔水备用。

4. 用少量的热油炒熟杂菜及火腿丝，加入少量酱油。

5. 加入伊面一起炒匀，即可。

Ingredients:

4 asparagus

20g carrot

10g golden mushroom

10g yellow-chive

50g ham

1 noodle

Method:

1. Scrape hard skin form asparagus and then section.

2. Cut carrot, golden mushroom, yellow-chive, ham into small piece.

3. Cook noodle in boil water, add ½ teaspoon salt, then drain.

4. Heats some oil and stir-fry shredded ham and vegetable, then add l teaspoon soy sauce.

5. Add noodle and stir well, dish up.

芦笋火腿伊面

② 焗鸡腿餐
Roast Chicken Drumsticks

材料：

去皮鸡腿4只，杂菜包括：番茄2
个、玉米、马铃薯。

做法：

1. 先把鸡腿肉用少许糖、酱油、
   生粉腌半小时待用。

2. 把杂菜洗净，用少许牛油拌
   匀。

3. 把鸡腿及马铃薯先放入焗炉内
   焗12分钟。

4. 取出加入玉米一齐再焗3～5分
   钟，即可。

Ingredients:

4 skinless chicken drumsticks
Mix vegetable: 2 tomatoes, 2
Potatoes, some sweet corn

Method:

1. Seasoning chicken drumsticks
   with small amount of sugar, soy
   sauce, and cornstarch for ½ hour.

2. Wash vegetable and mix with a
   little bit of butter.

3. Put chicken and potato into oven
   for 12 minutes.

4. Add sweet corn and roast for
   another 3-5 minutes.

焗鸡腿餐

3 焗番茄伴通粉
Roast Tomato Pasta

材料：

通粉100克，番茄3个，鸡蛋2个，碎牛肉50克，干酪1片或乳酪酱20克。

做法：

1. 通粉用水煮熟隔水，然后拌入少许人造牛油及干酪粉，备用。
2. 番茄洗净，切开小圆口挖去核。
3. 鸡蛋煮熟、捣碎，备用。
4. 干酪及苹果切丁。
5. 碎牛肉拌匀鸡蛋、干酪、苹果，做成馅料填进番茄内。
6. 番茄放通粉上，放大焗炉焗约10分钟。

Ingredients:

100g pasta
3 tomatoes
2 eggs
50g minced beef
1 cheese piece or 20g granted cheese

Method:

1. Cook pasta in water and drain, add a little bit margarine and cheeses powder.
2. Cut the tomatoes on the top and scoop the content.
3. Cook egg and blend.
4. Dice cheese and apple.
5. Mash minced beef, egg, cheese, and apple, pile the mixture, back into the tomato shells.
6. Place tomatoes on top of pasta, put into oven for 10 minutes.

焗番茄伴通粉

4 煎鳕鱼生菜蛋炒饭

Fried Cod Fish, Stewed Rice

材料：

鳕鱼1片，生菜50克，鸡蛋1个，
饭1碗。

做法：

1. 用少许油煎熟鳕鱼加少许酱
   油。

2. 生菜切丝。

3. 用少许油把饭炒松软，加入蛋
   炒一会，再加入生菜一起炒。
   然后加入少许酱油，再炒片刻
   盛起。

4. 鳕鱼盛于饭边。

Ingredients:

1 piece cod fish
50g lettuce
1 egg
1 bowl of soft rice

Method:

1. Pan fry cod fish and add 1
   teaspoon soy sauce

2. Lettuce cut into thin section.

3. Hot little oil pan fry rice, until
   soft, add egg, stir well and finally
   add lettuce, add little soy sauce,
   then dish up.

4. Place cool fish by the side of rice.

煎鳕鱼生菜
蛋炒饭

5 冬菇田鸡菜饭

Mushroom Frog Rice

材料：

冬菇3只 (切细丝)，田鸡腿肉4只 (洗净，用少许酱油、生粉腌片刻)，白菜30克 (切碎)，米50克。

做法：

1. 把米洗净加入150毫升水煮熟。
2. 水沸时饭面加入冬菇、田鸡腿及白菜一起煮。
3. 饭煮熟后再焖5分钟。
4. 把田鸡骨取去。

Ingredients:

3 mushroom, cut into piece
4 frog legs, wash, seasoning with soy sauce and cornstarch
30g cabbage
50g rice

Method:

1. Wash rice then add 150ml water into cooker.
2. Add mushroom, frog legs and cabbage into rice when it is boiled.
3. Cover the lad for 5 more minutes even after the rice is cooked.
4. Take out the bone before feeding.

冬菇田鸡菜饭

6 玉米青豆鲜虾烩饭

Sweet Corn and Shrimp Rice

材料：

玉米50克，青豆30克，鲜虾100克，鸡蛋1只，饭1碗。

做法：

1. 把鲜虾洗净，用盐及玉米腌一会，下少许油，把虾炒熟盛起。

2. 把玉米、青豆放入锅内炒，加入少许水，加入½茶匙盐。

3. 把蛋拌匀加入锅内，再加入热虾炒一会，盛于饭面即成。

Ingredients:

50g sweet corn
50g green pea
100g shrimp
1 egg
1 bowl of rice

Method:

1. Wash Shrimp and add ½ teaspoon salt and cornstarch for seasoning, hot oil and stir fry shrimp, dish up.

2. Add sweet corn, green pea into wok and fry, and some water, add ½ teaspoon salt.

3. Stir the egg and add into the wok, add shrimp, fry for a while dish up on top of rice.

玉米青豆鲜虾烩饭

7 菠菜牛肉薄饼
Spinach Beef Pancakes

材料：

菠菜叶15克，葱2条，蘑菇20克，碎牛肉50克，面粉30克，鸡蛋1只，奶100毫升。

Ingredients:

15g spinach leave
2 green onion
20g button mushroom
30g plain flour
1 egg
100 ml. milk

菠菜牛肉薄饼

做法：

1. 蘑菇捣碎，拌匀碎牛肉内。

2. 加少许酱油、糖、生粉于牛肉内拌匀。

3. 用少许油把牛肉炒一会。

4. 葱洗净切碎。

5. 菠菜洗净，用热水煮2分钟，取出隔水，切细丝。

6. 面粉加入奶拌匀，加入蛋再拌匀，然后加入葱粒及菜粒，再加½茶匙盐。

7. 烧热少许油，倒入面粉水，煎片刻，加入牛肉，翻转，面粉包着牛肉，再煎片刻，即成一片薄饼。

Method:

1. Blend button mushroom, mix well with minced beef.

2. Add soy sauce, sugar, and cornstarch for seasoning into minced beef.

3. Hot oil and stir fry beef for a while, dish up.

4. Wash green onion and chop into tiny pieces.

5. Wash spinach, boil into hot water for 2 minutes, drain and chop into tiny pieces.

6. Add flour into milk, mix well, add egg, stir well, add green onion, spinach, and ½ teaspoon salt.

7. Hot little oil, pour into flour milk, pan fry, add into beef, turn over, fry into pancake.

宝宝病了，吃什么？

宝宝如大人一般，若身体感到任何不适，便对食物提不起兴趣，父母应该察觉到孩子不适时，饮食习惯亦会产生变化。宝宝不适时，我们要先了解他的病情，看他需要补充什么营养和水分，切忌强迫宝宝进食。

宝宝发烧了

宝宝经常都遇到发烧的情况，发烧的时候，他的体温上升，消耗不少身体的水分。孩子的体表面面积与体积比例大，透过皮肤流失的水分很多。因此，孩子发烧时，饮食方面首要补充水分，其次是维生素和矿物质。一岁以下的宝宝可仍旧吃妈妈的奶，大一点的宝宝，可以喂孩子米水，米水可补充水分和维生素，用以开奶亦可。另外，亦可煲雪梨水给宝宝喝，因为雪梨水含丰富维生素C，且有助舒缓孩子的咳嗽。

宝宝腹泻

宝宝腹泻时，大便次数频密，排泄物且呈蛋花状，味带酸。此时，应减少宝宝肠胃的负荷，不要让他吃固体食物，食物以液体或半固体为主。宝宝腹泻，多由于饮食处理不当而导致细菌感染，严重时，亦常伴以呕吐。因此，宝宝容易严重缺水和电解质，单单补充白开水是不够的。我们可以给宝宝饮用胡萝卜水、稀释的奶、米粥等，除可补充水分外，更可补充维生素。尤其是米水和白粥，据医生称有医治肠胃炎的功效。孩子腹泻，可以短期进食白粥或以米水开奶，但要注意不能长期以米水代替奶。若宝宝频泻不止，可尝试煮淮山栗子糊食用，据中医说法，可止泻及健脾开胃。

以下有几款适合宝宝病时的食谱供大家参考。

1 米水、白粥

材料：

米100克，水约500毫升。

做法：

1. 米洗净，放入水。

2. 粥煲成后，滤去米渣即成米水，可加入少量盐调味，或开奶亦可。

3. 白粥的做法是不用滤去米渣，继续用慢火熬至较稠的粥状。

米水

2 雪梨水

材料：

雪梨3个，蜜枣4颗，南北杏仁20克(一小撮)。

做法：

1. 雪梨洗净、开边，去核和心。

2. 放入6碗水于锅中，煮沸。

3. 放入蜜枣、南北杏仁、雪梨。

4. 煮沸后慢火煲约1½小时，待凉即可饮用。

功用：雪梨水含维生素 C，有止咳作用。

雪梨水

3 胡萝卜水

材料：

胡萝卜两条，糖适量。

做法：

1. 将胡萝卜洗净去皮切碎。

2. 加入清水约500毫升，煮一小时左右，可加入适量糖。

3. 饮用时去渣。

功用：胡萝卜水含维生素A、果胶，有助大便成形，腹泻宝宝宜用。

胡萝卜水

4 淮山栗子糊

材料：

淮山30克(常见于清补凉汤内)，
栗子10粒，砂糖适量。

做法：

1. 栗子去壳，去除外衣，把肉洗
   干净。

2. 淮山用水浸透、洗干净。

3. 将栗子及淮山放入搅拌机内，
   加入适量清水，搅成浆水状，
   再倒入煲内。

4. 加入约3～4碗水，慢火煮成稀
   糊状，煮成再加入适量糖，再
   煮片刻，即成。

功用：淮山栗子糊可止泻。

淮山栗子糊

⑤ 燕窝田鸡红米粥

材料：

燕窝30克，田鸡500克(一只大的)，姜片4片，红米100克(先浸1小时)。

做法：

1. 燕窝用清水浸透发开、拣洗干净、沥干水备用。

2. 田鸡洗净、去头、爪尖、皮、骨和内脏，加少许酱油、砂糖、细盐和生粉腌片刻。

3. 煲内加入适量清水，把红米煲成粥后，加入燕窝。先用猛火煲至水滚，然后改用中火煲至红米开花成稀粥，放入田鸡及姜片，继续滚至田鸡熟透。以少许细盐调味，即可。

用法：喂孩子时，只喂米粥及燕窝。

燕窝田鸡红米粥